KB069784

고양이
식당

최봉수 글·그림

비채

글·그림 **최봉수**

서울대학교에서 시각디자인을 전공했다. 2006년 애니메이션 〈아기 펭귄이 우울증에 걸렸어요〉로 제2회 인디애니페스트 파노라마, 키아파특별상을 수상했다. 〈날개〉〈귀여운 소녀〉〈구口〉〈식육〉 등의 애니메이션이 인디애니페스트와 클레르몽페랑 국제 디지털 비디오 아트 페스티벌 등 다수의 영화제에서 상영되었다. 2010년 투니랜드 웹툰 〈격돌! 사우르스 파이터〉를 연재하였고, 2010년부터 2016년까지 네이버 웹툰 〈스페이스 차이나드레스〉의 스토리 작가로 활동했다. 최근에는 상상의 공간 속에서 풍요로움과 느긋함을 즐기는 뚱냥이를 주로 그리고 있다.

트위터 @bskirei   식빵뚱냥 트위터 @big_chubby_cat   인스타그램 @bongsu_comics

차례

고양이 식당

세상의 모든 고양이에게는
자신만의 은신처가 있습니다.
그중에서도 가장 찾기 힘든 곳에
예쁜 식당 하나가 있습니다.

그 식당은 '고양이 식당'이라 불립니다.
소문으로만 전해지는 고양이 식당은
고양이 셰프들이 독특하고 새로운 요리를
선보이는 레스토랑입니다.
이곳에 대한 소문은 이미 수많은
미식가들을 홀렸답니다.

고양이 식당에는
간단한 점심부터 화려한 저녁 정찬,
커피와 칵테일까지 마련되어 있습니다.
고양이들은 이곳에서 커피를 마시며
토론을 하고
칵테일을 곁들인 파티도 엽니다.

늘 그렇듯
문을 열기도 전에 고양이들이
고양이 식당 앞에
줄을 서서 기다립니다.

"어서 오시라냥!"

"독창적이다!"
"일관성과 파격, 조화로움…
음식이라기보다는 오케스트라 연주에 가깝다!"
고독한 미식가 고양이의 찬사가 쏟아집니다.

"애옹애옹! 핵꿀맛! 미야오옹!"
단체로 온 개냥이 손님들의 떠들썩한 수다도 이어집니다.

고양이들이 낮잠에 푹 빠진 한낮이지만
셰프들은 장을 보고 재료를 받느라 분주합니다.
고급 하몽과 트러플, 신선한 생선, 치즈 등
전세계의 식재료들이 이곳에 모입니다.

격조 높은 서비스도 빼놓을 수 없습니다.
흰 양말을 단정하게 신은 턱시도 고양이만이
고양이 식당의 웨이터가 될 수 있답니다.

부엌에 들어가기 전
고양이 셰프들은 모여서
그루밍을 합니다.
꼼꼼하게, 더 깔끔하게.

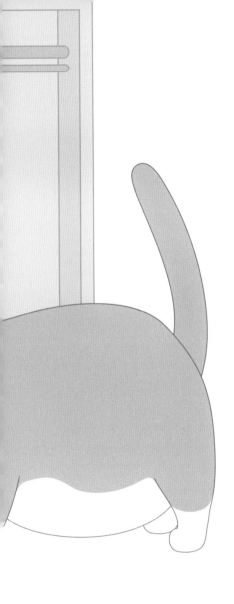

고양이 셰프들에게는 이 시간이
가장 행복한 시간입니다.
문을 열고 나면
그루밍할 틈도 없이 바쁘기 때문이죠.
물론 주방 청소도 빼놓을 수 없습니다.

반짝반짝!

깔끔 깔끔!

드디어 셰프들이 요리를 시작합니다.

"맛있다냥! 애옹!"
감격한 고양이 손님들이 일어나
통통거리며 춤을 춥니다.

고양이 웨이터가 예약 손님 맞을
테이블을 준비합니다.
그런데 잠깐, 고양이 식당에 예약이라니요?
이상한 일이네요.
고양이들은 낮잠을 자며 기다릴 뿐
예약은 하지 않거든요.

예약 손님이 도착했습니다.
앗, 이 손님은 고양이가 아니군요.
"고양이 식당의 명성을 듣고
물어물어 여기까지 찾아왔습니다."
예약 손님은 자신을 유명한 음식 평론가라고 소개했습니다.
소문난 식당이라면 꼭 찾아가고야 마는 미식가였지요.

'여기가
고양이 식당이로군….'

"오늘의 아페리티프는
캣닙 그래스호퍼입니다.
우리 식당의 시그너처 칵테일이지요."

"저희 고양이 식당에서는
'크렘 드 망트' 대신
직접 담근 개박하 리큐어로 만든
'크렘 드 캣닙'을 씁니다."

'식후에 마시는 칵테일을 식전에?'
미식가는 의아해하며 메뉴판을 살폈습니다.

고양이 식당답게 날고기와 날생선 요리가 많네요.
미식가는 메뉴를 보며 식당의 콘셉트를 파악하는
시간을 충분히 즐겼습니다.
그는 망설임 없이 '오늘의 정찬'을 주문했습니다.
다만, 오늘의 디저트가 '수제 츄르'라는 설명을 듣고
잠시 식은땀을 흘리는 것 같았습니다.

음식을 기다리며
미식가는 식당을 둘러보았습니다.
상상했던 것보다 규모가 훨씬 컸습니다.
고양이 손님들이 식사하는 모습을 구경하는데
어째서인지 살짝 코끝이 간질간질해졌습니다.

"오늘의 오르되브르는
얇게 저며 튀긴 가지에
타르타르 스테이크를 올리고
태운 고양이 수염으로 마무리한 요리입니다."

'…이 맛은?'
미식가는 순식간에
접시를 비웠습니다.

"오늘의 수프는
캣그라스를 넣어 반죽한 라비올리가 들어간
차가운 바닷가재 수프입니다."

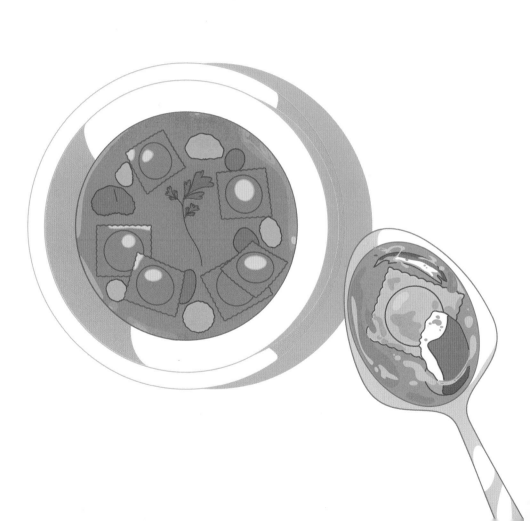

'맛있어!'

'맛있는데….'

'맛있긴 한데….'

전체적으로 싱거웠습니다.
신맛도 부족했고요.
미식가는 음식에 문제가 있다고
확신했습니다.

'설마 건강을 생각하는 고양이들을 위한 저염 식단인가?'
미식가는 주변을 둘러보았습니다.
하지만 다른 고양이 손님들은 여전히 맛있게
엄청난 양의 고기를 먹고 있었습니다.

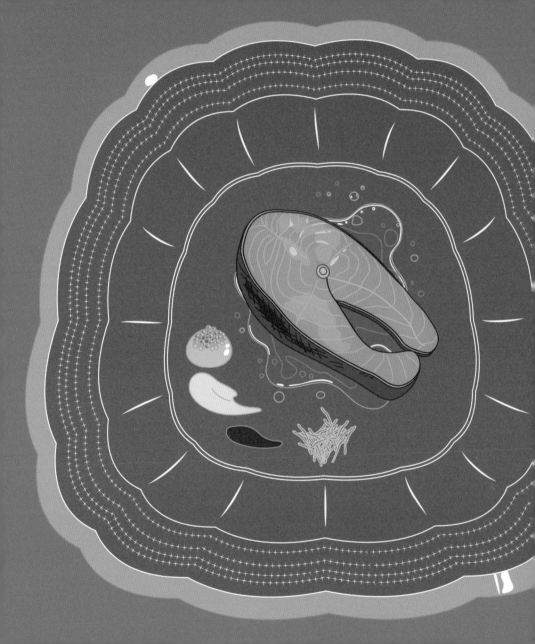

"오늘의 앙트레는 연어 스테이크입니다."
미식가는 한입 크게 썰어 맛을 보았습니다.

그런데…

연어에는 전혀 간이 되어 있지 않았습니다.
소스나 허브 향도 느낄 수 없었고요.

다만, 연어 스테이크는 상당히 훌륭했습니다.
신선한 연어 뱃살을 복숭아 넥타와 올리브오일에
하룻밤 재웠다가 무쇠팬에 오리 기름을 둘러
알맞게 구운 것이었습니다.

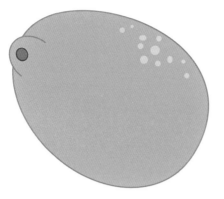

"저… 소금 좀 주시겠어요?"
"…네? 소금요?"
"레몬도 한 조각 부탁합니다."
웨이터는 당황했습니다.
고양이 식당이 문을 연 이래
소금이나 레몬을 찾은 손님은 미식가가 처음이었습니다.
미식가 역시 기분이 상했습니다.
고양이들이 자신을 이상한 손님인 양 보니까요.

어째서인지 미식가의 눈이 충혈되더니
코까지 막히기 시작했습니다.
얼굴이 간질거려서 음식에 집중하기 힘들었습니다.

'금방 괜찮아지겠지, 뭐.'

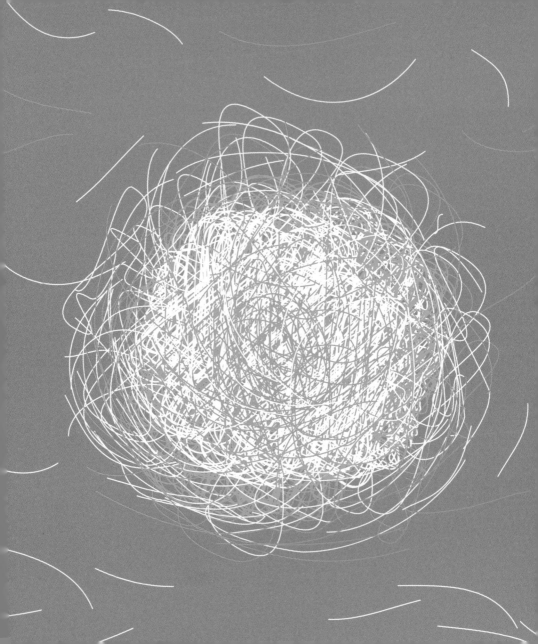

혹시, 눈치채셨나요?
인간을 불행하게 만드는 사악한 질병,
바로 고양이털 알레르기 말입니다.
맛있는 요리를 온전히 즐길 수 없는 끔찍한 운명이란!
그러나 미식가는 요리 탓이라고 생각해서
연어 스테이크를 다시 만들어달라고 주문했습니다.

고양이 셰프들은 고개를 갸우뚱했지만
다시 정성껏 스테이크를 구웠습니다.
그러나 접시는 몇 번이고 되돌아왔습니다.

자존심이 상한 마스터 셰프는
최상급 노르웨이산 연어 뱃살을 기막히게 구웠습니다.
부 셰프가 홀랜다이즈 소스를 만들었고,
마무리로 딜을 흩뿌렸습니다.
그렇게 인간 세상에서는 맛볼 수 없는
연어 스테이크가 완성되었습니다.

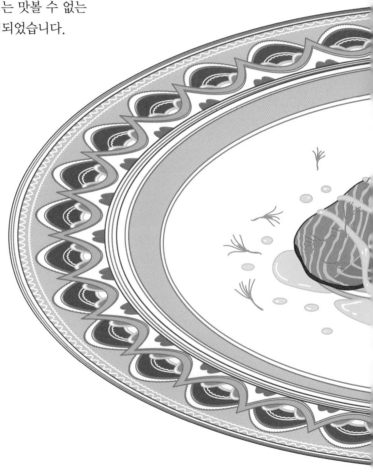

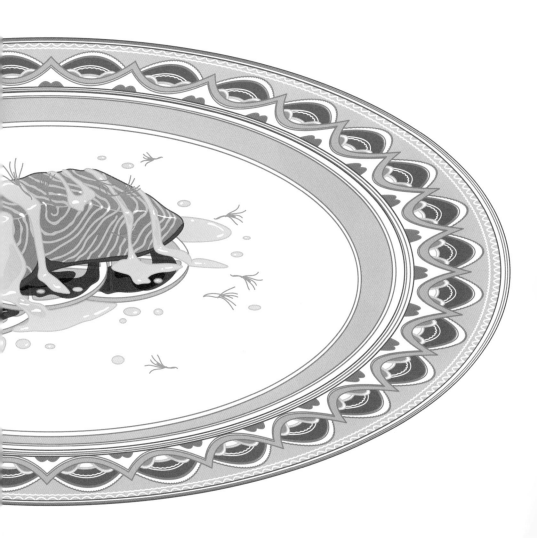

고양이 웨이터가 요리를 나르는 동안
요리에 쓰인 레몬 향을 맡고
콧등을 찡그리는 손님도 있었습니다.
그때였습니다.
미식가가 코를 긁더니…

강력한 재채기가…

모든 것을…

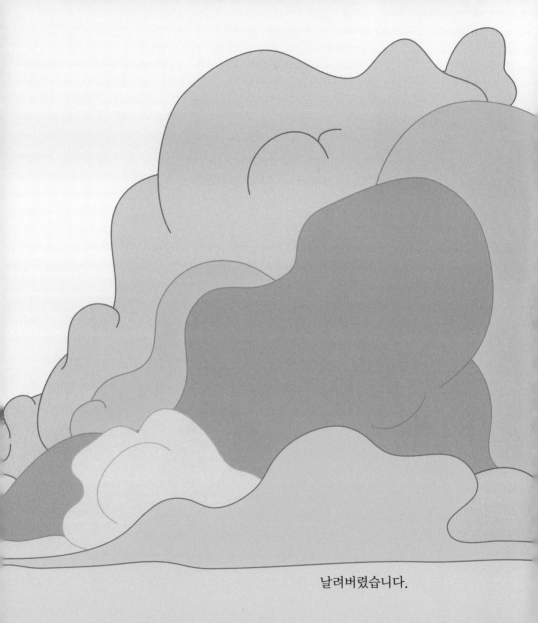

날려버렸습니다.

NO HUMAN ZONE

그날 이후 고양이 식당은
인간 손님을 거절하게 되었습니다.
뒤늦게 이 소식을 들은 집사들이
아쉬워하며 탄식했다고 전해집니다.

Menu de Jour
오늘의 메뉴

Apertif
크렘 드 캣닙 리큐어로 만든 그래스호퍼

Hors-d'œuvre
얇게 저며 튀긴 가지에 올린 타르타르 스테이크

Soupe de Jour
캣닙을 넣어 반죽한 라비올리가 들어간
차가운 바닷가재 수프

Entrée
연어 스테이크

Fromage
카망베르

Dessert
수제 츄르

오늘의 정찬입니다.
인간 손님은 치즈와 디저트는 드시지 못했군요.

Chef Cuisinier

마스터 셰프

Sous-Chef Cuisinier

부 셰프

Chef de Partie
전문 파트 셰프

Sauté
소스

Poissonnier
생선 요리

Rôtisseur
육류 구이

Garde manger
차가운 요리

Pâtissier
디저트

크리스마스
케이크 대회

고양이 마을에 눈이 소복이 쌓였습니다.

오늘은 12월 24일, 바로 크리스마스이브입니다.
고양이들은 무엇을 하며 저녁 시간을 보낼까요?

난롯불을 쬐기도 하고.

그루밍을 하고.

그동안 모아온 고양이털로
펠트 모자를 만들기도 합니다.

그리고 케이크를 만드는 고양이들이 있습니다.

이번 크리스마스 파티에서 케이크 대회를 열기로 했기 때문입니다.
크리스마스 케이크 대회가 하루 앞으로 다가왔습니다.

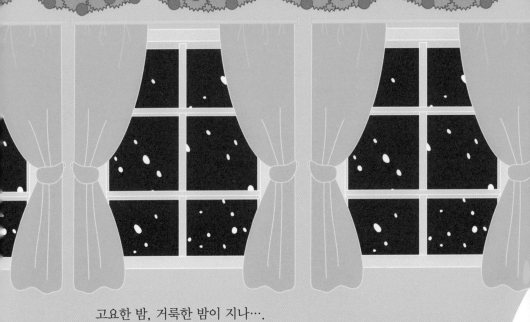

고요한 밤, 거룩한 밤이 지나….

드디어 크리스마스 아침입니다.
커다란 트리 꼭대기에 별 장식을 합니다.

밤새 내린 눈으로
고양이 마을은 설탕을 뿌려놓은 듯 환합니다.

긴 낮잠을 자고 일어난 고양이들이
크리스마스 초에 불을 밝힙니다.

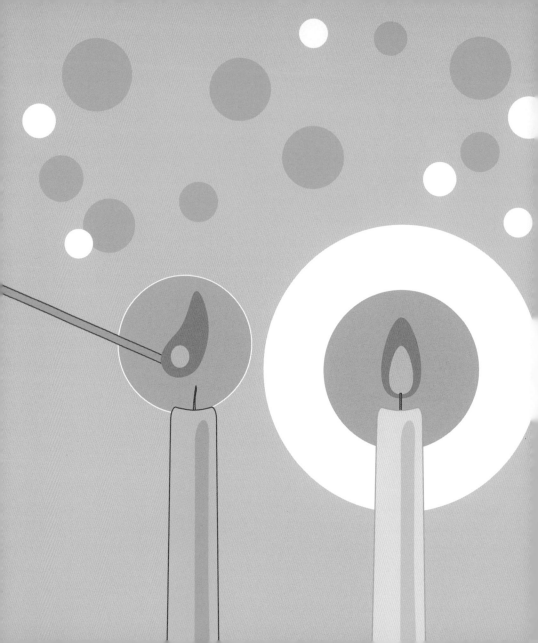

크리스마스 파티도 준비하고요.

"지금부터 크리스마스 케이크 대회를 시작합니다!"
"어느 고양이가 만든 케이크가 제일 멋지지?"
"어느 고양이가 만든 케이크가 제일 맛있지?"

"미야오!"
고양이들이 케이크를 내놓을 때마다 모두 탄성을 지릅니다.
저 작은 앞발 속에 이런 솜씨가 숨어 있었다니!
어디 한번 구경해볼까요?

눈 내린 숲속을 걷는 기분!
부슈 드 노엘입니다.
이 케이크가 없으면 어쩐지 크리스마스 기분이 나지 않습니다.

캣닙 크림을 샌드한 '갸토 드 캣닙'입니다.
꼭대기에 얹은 금빛 리본이 반짝이는군요.

크로캉부슈에 빨간 캔디와 별 모양 마지팬을 올리니
크리스마스트리가 되었네요!

카다멈, 계피, 아몬드, 마지팬, 럼주에 절인 과일…
재료를 아끼지 않고 만들어 정성껏 숙성한 슈톨렌입니다!

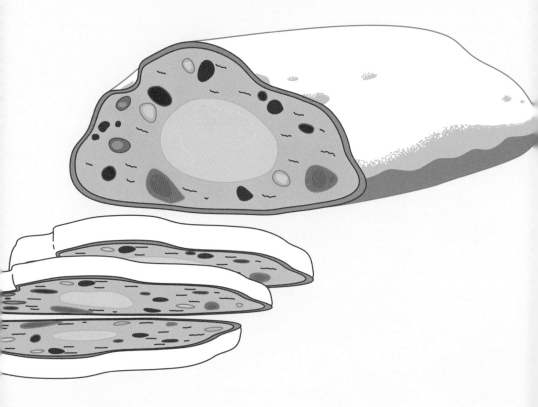

아니, 이건… 촉촉하고 산뜻한 우유 무스!
둥근 글라스에 담아놓으니 눈송이 같기도 하고 빙수 같기도 한
무스 오레입니다.

모든 케이크가 걸작이네요!

그래도 대회는 대회인 만큼
올해 최고의 크리스마스 케이크를 정해야겠죠?

그러나 케이크를 받아 든 심사위원들은 깜짝 놀랐습니다.

"아니, 케이크가 다 사라져버렸잖아!"
"이 많은 케이크를 누가 다 먹었지?"

"아니? 여기 입가에 묻은 크림 뭐야?"
"너야말로!"
놀랍게도 모든 고양이의 입가에 크림이 묻어 있었습니다.

고양이들은 서로를 탓하며
'냥냥 펀치'를 날렸습니다.
자신의 입가에 묻은 크림은 생각지도 않았죠.

바로 그때,

"노엘… 노엘…"

아기 고양이가 캐럴을 부르기 시작했습니다.
고요하게 울리는 멜로디에 모두 싸움을 멈추고
아기 고양이를 바라보았습니다.
그리고 마음속으로 서로를 용서했습니다.
파티보다 중요한, 1등보다 중요한
크리스마스의 진정한 의미를 되새기면서요.
고양이들이 하나둘 캐럴을 따라 부르기 시작했습니다.

금세 모든 고양이가 한목소리로 캐럴을 불렀습니다.

그리고…
가장 신나는 크리스마스 파티를 즐겼습니다.

올해도 행복한 크리스마스 파티였다고 합니다.

고양이 식당

1판 1쇄 발행 2018년 3월 8일 **1판 4쇄 발행** 2022년 6월 20일

글·그림 최봉수
펴낸이 고세규
편집 김지선 **디자인** 이경희

발행처 김영사
주소 경기도 파주시 문발로 197(문발동) 우편번호 10881
등록 1979년 5월 17일(제406-2003-036호)
주문 및 문의 전화 031)955-3100 **팩스** 031)955-3111
편집부 전화 02)3668-3270 **팩스** 02)745-4827 **전자우편** literature@gimmyoung.com
비채 카페 cafe.naver.com/vichebooks 인스타그램 @ drviche **카카오톡** @ 비채책
트위터 @vichebook **페이스북** www.facebook.com/vichebook
ISBN 978-89-349-8086-5 04810 책값은 뒤표지에 있습니다.

비채는 김영사의 문학 브랜드입니다.